알껍다구

아흥
시집

알껍
다구

Kernel & shell

이종호

부산

　지난해 2월 처녀시집 「여루사탕」 출간 즈음, 저는 처음이자 마지막으로 책 저자라는 상상할 수조차 없었던 꿈을 이루었기에 다시는 책을 안 내야지하고 굳게 다짐했었습니다. 그렇지만 그 마음도 잠시, 흔들리는 갈대처럼 계절 따라 마음이 변해버려 낙엽이 쌓이듯 75편의 시가 모였고, 2집 「알껍다구」라는 아이를 세상 밖으로 선보이게 되었습니다.

　이래서인지 사람의 욕심은 죽을 때까지 끝이 없는 듯 합니다. 이번 시집은 장차 우리민족 화투를 염두에 두고 발간하게 됐습니다. 사실 우리나라 국민 상당수가 화투를 온·오프라인을 통해 습관적으로 치고 있는데 48장(12×4)의 화투짝에는 일본의 문화축제예술 등이 곳곳에 숨겨져 있는데도 무려 백 년 동안이나 알면서도 이를 버리지 못하고 '독도는 우리땅'을 외치면서도 일본식 화투를 두드리고 있습니다. 수많은 순국선열들의 희생으로 대한민국을 겨우 되찾았으나 우리 국민들은 살기조차 어려웠던 그 시절을 새까맣게 잊어버리고 아직까지도 일본 문화의 늪(화투, 만화 등)에 정신줄을 놓아 서서히 병들어 가고 있는 듯합니다. 그래서 용기를 내 '우리 민족의 정기를 되살린다'는 사명 아래, 생각으로 그치지 않고 실천하는 양심으로 나라꽃 무궁화와 진도민속 문화축제와 진도 울돌목의 명량대첩, 특산물 등을 소재로한 「알껍다구」를 대표시로 하여 시집을 출간하고, 화투놀이를 우리의 것으로 재구성한 「알껍다구」도 준비하고 있습니다. 이는 우리 민족의 자존감을 세우는 대의(大義)라 확신하고 미력하나마 보탬이 되고자 합니다.

아무쪼록 시집 「알껍다구」가 찬란한 아침 햇살을 받도록 물심양면으로 격려해 주신 소중한 분들께 진심으로 감사 말씀 드립니다.

사랑합니다.

2015년 늦봄에

아홍 이종호

시인의 말

3부
나 가면 너 화장

1부

알껍다구

무궁화 솟아라

동해 햇님 떠오르니
찬란한 우리 무궁화
방긋방긋 솟아나라

황금빛 꽃가루 휠 뿌리니
오대양 푸른 물결 믿음 타고
육대주 초록 사랑 피어나라

오천년 무궁화 기상으로
살아온 우리 동포여
어기영차 어기영차
하늘 높이 날아라

삼천리 금수강산에
일만 송이 무궁화꽃
피고 피니 행복하여라

부용화

꽈악 굳게 다문 짙은 홍입술
만주벌판 독립투사 혈서로구나

나라 빼앗겨 무궁화 목 잘리니
한 많은 순국선열 피눈물 부용됐구나

독립의 화신(花神), 부용(芙蓉)아!
꽃봉오리 함박함박 웃어라

　　　　　　지워다오
우리민족, 분단의 어제

　　　　　　채워다오
우리나라, 나눔의 오늘

　　　　　　열어다오
대한민국, 희망의 내일

자동변속기(PRND) E경고

디(D) 옆에 풀(F) 이(E)돼
떨어져 있는 주유소 노랑 경고
풀(F)로 올려 숨 쉬게 하려믄
노란 물 링거처럼
역시나 돈이네

칠팔 구만 원 쓰면
기 꽤 살아 쑥 올라가
부잣집 아들처럼 그때만
기분 잠시 좋아지네

오늘도 경고등 기침소리에
깜짝 놀라 간당간당
삼십 키로 겨우 더 가보네

갓길 기름집 들러
돈 시늉 카드로 핏금 세금에다
대부잣집 기름 긁어 때니
적자 말 달리는 게 뻗치네

조광조

494년 전
조선 충정 슬픔 밀려드네

1519. 11. 20
기묘사화 눈보라 쳤네

한 달 후 12. 20
37세 꽃다운 정열 꺾였네

2013. 12. 20
우연히 그대와의 만남 운명일까

그대의 목사골 능주대의
정암 성리학 이제야 살펴보네

자연의 기와 사회의 리
그대와 함께 품어보겠네

울부짖다 목이 타 지친 그대 넋

하늘 눈 수북이 뿌려 달래보네

녹두장군 생가

도로 입간판 전봉준 생가(→)
좁은 일곱 자 외길 농로 잡풀 무성하네

긴가민가하다 헷갈려도
네비 따라 찾아갔네

돌담 하나 없고 어설프게 복원했나
초가 한 채 행랑 한 채
마당에는 공사판 자갈이네

반침 한 번 안 닦았나
허간 먼지 수북해서
폐가랑 별반 다름없네

양반 귀향 가서 죽은 생가
뺀지르한 기와집에 비석에다 방명록도 있더니만

인내천 평등 외치다
장렬하게 피 토한 영웅 생가
왜 이럴까?

무성한 잡풀 싹둑싹둑 자르며
2014 험난한 갑오년 슬기롭게 머리 짜세

기러기떼

까옥 까옥 까까옥
아빠 기러기
구령 따라 스물셋 가족
아침 하늘 가르네

날갯짓 잠시 쉬었다간
생이별되니
일정 간격으로 쉬임
바람 따라
한뜻 한마음으로 따르네

여론 바닥치는
우리 정치 의로운 선구자 나와
꿈 찾아 날았으면…

사랑해요 엄마아빠

"여러분 기다리세요"
구명조끼 입으시고
선실 안에 있으면 안전하니
기다려요 기다려요 기다려요
한없이 메아리쳤어요

양치기 소년 벌써 어른 돼
악마호 저승사자 된 줄
정말 꿈에도 몰랐어요

전 바보 바보였나봐요
딱 두 번까지만 믿고 속고
세 번째는 절대 안 속았어야 했는데
4 · 16 새아침
금빛 햇님도 우릴 엄청 반겼었는데
은빛 파도도 밤새 지쳐 자고 있었는데

저보다 세 살이나 더 먹은
연빨간 스무 살 구명의가
수의 될 줄 누가 알았겠어요

죄송해요 용서해요
어릴 적 양치기 소년 이솝우화
수백 번 읽어 주셨는데
제가 깜박 잊고 살았나봐요

이제 눈물 거두세요
엄마아빠 씩씩해야죠
저는 우리 학년 수많은 친구들이랑
흰 파도 돼 세계 여행 떠났어요

엄마아빠
바람 일면 언제든 달려갈게요
오늘처럼
비
부르르 스르르
떨며 오는 날이면
우산 쓰지 마세요

엄마아빠 품속에 쏘옥 들어갈게요
사랑해요 엄마아빠

녹슨 냉장고

저 쇳덩이 맹골수도(孟骨水道) 백여 일
거친 물결에 망가지고 녹슬었네

내 새끼 몸뚱어리 주검 되어
살점 다 해져 백골만 떠돌겠네

어찌하리 어찌하리
내 몸 죽어 니 살 수만 있다면
백 번 천 번 바닷물에 내던질 것을

미안하다 미안하다
내 할 수 있는 일
팽목(彭木) 바닷물만 멍하니 바라볼 뿐

이 세상 원망하여라
저 세상 극락가서 이제 행복하려므나

날 안 만났으면
이런 생지옥 없었을 것을…

알껍다구

1월의 화투,
일본의 세시풍속 가도마쯔행사 소나무 숨어있네, 이제
확 버리세나
1월의 알껍다구,
진도 운림산방 소치 남종화 수양버들 사랑하세나

2월의 화투,
일본의 이바라키현 매화축제 숨어있네, 이제 버리세나
2월의 알껍다구,
보쌈 떡배추 진도봄동 사랑하세나

3월의 화투,
일본의 사쿠라꽃축제 숨어있네, 이제 버리세나
3월의 알껍다구,
삼복 찾아오는 진도참전복 사랑하세나

4월의 화투,
일본의 등나무 보라꽃축제 숨어있네, 이제 버리세나
4월의 알껍다구,
현대판 모세의 기적, 진도 신비의 바닷길 사랑하세나

5월의 화투,
붓꽃 감상하는 야츠하시(버팀목 목재다리) 숨어있네,
이제 버리세나
5월의 알껍다구,
한번 주인은 영원해요, 천연기념물 제53호 진도개 사랑
하세나

6월의 화투,
일본화의 관례 모란과 나비 숨어있네, 이제 버리세나
6월의 알껍다구,
순국선열 호국보훈의 달 우리 무궁화 사랑하세나

7월의 화투,
싸리나무 숲 멧돼지 사냥철 숨어있네, 이제 버리세나
7월의 알껍다구,
찹쌀의 진미 진도검정쌀 사랑하세나

8월의 화투,
오츠키미(달구경)의 계절 산, 보름달, 기러기 숨어있네,
이제 버리세나
8월의 알껍다구,
일몰의 황홀 절정 진도낙조, 기쁜 까치 사랑하세나

9월의 화투,
일본의 국화축제, 일왕가 상징하는 국화 숨어있네, 이
제 버리세나
9월의 알껍다구,
불로장생의 명약 진도구기자 사랑하세나

10월의 화투,
단풍놀이 사슴 사냥 숨어있네, 이제 버리세나
10월의 알껍다구,
호국충정 명량 회오리 진도울돌목 사랑하세나

11월의 화투,
막부의 쇼군 상징 오동잎, 봉황새의 머리 숨어있네, 이
제 버리세나
11월의 알껍다구,
민속문화의 보고 진도씻김굿 사랑하세나

12월의 화투,
일본 최고 서예가 오노의 전설, 라쇼몬 숨어있네, 이제
버리세나
12월의 알껍다구,
한겨울에도 쑥쑥 자라는 진도대파 사랑하세나

잡초 부활

시퍼런 회전 날 굉음
수많은 잡초 삽시간에 쓰러지네

대봉 감나무 덮으니 할 수 없이
너희들 보내야지 싹싹

시뻘간 총부리 연발탄에 수많은 민중
도청 앞에 순식간에 쓰러지네

검은 돈 권력 쥐어 잡으려니 할 수 없이
너희들 보내야지 빵빵

잡초만도 못한 인생
한번 가니 돌아올 수 없네

시대 변해도 권력야욕
변함없이 약자의 목 베어가네

억울하게 죽은 한 맺힌 민중이여
군홧발로 짓밟혀도 칼로 목 베어도
잡초로 다시 일어나 파랗게 부활하네

독

그리스도
성주독 깼구나

일본놈
술독 깼구나

큰 부자
장독 깼구나

우리 독
다 깨졌구나

지금 우리 삶
헛 독 깨고 있나

마네킹

신상품
내차지라 뽐내네

잘빠진 몸매
늘씬한 다리
옷걸이 최고네

하지만
온종일 서 있어 힘드네

보는 이 많은데
볼 수 없어 슬프네

울돌목

이 물 저 물
진도 울돌목 넘치네

흰 거품 토하며
소용돌이 울며불며 쐬하네

이순신 판옥선 천둥번개에
왜선 수백 척 허둥지둥 내삐네

이 배 저 배
회오리 속으로 사라지네

섬놈 야욕
한순간에 수포되니
우리 수군 한숨 쉬네

무궁화

우리 민족
나라 꽃에 눈길 가네

하얗게 만발하니
다가오라 손짓하네

갓길 차 세워놓고
모처럼 마주보네

눈시울 뜨거워
설움 북받치네

목숨 바친 선열들
뻘갛게 피 토하네

젓대 박종기

허벅지 베어 어미 살린 지극 정성
하늘도 서글퍼서 울었다네

수만 번 피나게 젓대 불고 부니
바람소리 물소리 새까지 날아왔다네

나라 빼앗겨 슬픈 나날들
하늘 대금소리 조선팔도 퍼지니
만백성 한 맺힌 가슴 뜯었다네

늘 고향생각 진도아리랑
새싹 새롬새롬 어깨춤 덩실덩실
아리 아리랑 스리 스리랑
보배섬 꽃 피웠네

2부
장터풍경

정방폭포

마르지 않아 흐르는구나
뒤따르는 물 앞서간 물 툭 밀치니
바로 기절해 바다 품속 다이빙하네

얼마나 잤을까 깨어나 보니
어리둥절
먼저 파도 된 녀석
반갑다 샴페인 머리 적시니 퍼뜩 정신드네

산 정상 나무 뿌렁구
세숫물에서 바위 목욕물로
좁고 긴 계곡물 지나
넓은 강물 되는 미끄럼놀이 아련한 추억 되네

구름 바람 부딪혀 비 되어
내리니 흙 나무 빗물 마시고
질려 뱉어내고 산물길 따라
낙하하는 폭포수 바다 되니
돌고 도는 인생사 같네

발리부부

마주보고
주거니 받거니

주는 이 받는 건가
받는 이 주는 건가

서로서로
도움 되니
그저 행복할 뿐

발리 오십 뿌듯
부부 금혼 흐뭇

만큼

그리움 딱 그만큼
아마 사랑일 거야

조금 더 넘은 만큼
분명 집착일 거야

더욱더 심한 만큼
과한 욕심일거야

가느다란 전류만큼
떨림 속정일거야

맘

보는 눈 똑같다
쓰는 맘 다르다

부정적인 눈 먹구름
긍정적인 맘 흰구름

사는 수명 비슷비슷
죽고 난 후 천차만별

나만 위한 맘 불행
우리 위한 맘 행복

완력기

떠난 님 그리울 때면
차변속기 옆에 놓여 있는
빨간 낡은 완력기
늘 만져본다

오른손 꼭 붙잡고
건강해라 사랑한다
작은놈아 하며
다독거려준다

징하게 머나먼 모실 가셔
다신 뵐 순 없지만
스프링 뻐억뻐억 하다며
그러께 그 목소리 걍 좋다

* 완력기 : 뇌졸증으로 고생하신 아버지의 유품

까만 쉼터

가을바람 소올소올
부뚜막 식초 시큼시큼
부삭 검불 타닥타닥
비땅질 따당따당
보쌀밥 보글보글
방고래 구들구들
굴뚝연기 휘얼휘얼
니 등 따습고 잘난 것
느그 엄니 사랑이어야

선로

쭉 뻗은 쇳길 따라
예정된 시각에
긴 열차 오니
차분히 타야지

절반 이미 넘어서고
앞으로 가야할 길
얼마나 남아 있는지

하루 분량
그저
열심히 타야지

살계자

이웃 부잣집 놀러갔다
암탉 울음소리에 헛간 보네

막 낳은 달걀 한 알
침 꿀꺽 넘어가네

돌담 모서리에 톡톡
껍질 뜯어내고 쏘옥
노른자위 고소하네

일주일 그 시간대
헛간 몰래 들어가
쏘옥 쏘옥

참 묘하네
달걀 품은 흔적 있는데
안 낳으니 잡아 묵어야제

그날 이후 닭 안 보이고
이제 와 속죄해도 소용없네

벌간 사건

큰 방죽에서 낚시하다
붕어 하나 안 물어
근방 할압씨 뫼똥 보러 갔네

소나무들 잘려있어 눈물 피잉
누가 우리 산 망쳐불었지

갸침속 면도칼 마침 있어
군데군데 솔가지 스무여나뭇
새내끼줄 싹 잘라 불었네

며칠 후 아랫집 사는 아짐
이른 아침 우리집 마당서
시끌시끌 어른 쌈 나부네

왜 그랬다냐
눈 뽈깡 뜨고 우리 산 아니다요
할압씨 누워 계신 벌간인데
엉망진창이라 화풀이했지라

예전에 우리 산이었는데
산 주인네 두 번이나 바뀌었지

니 장가 가믄 니 각시한테
죽기 전에 꼭 이 야그는 할란다

강냉이

여름이라 무지 덥네
몇 꺼풀 옷 싹 벗세나

흰 턱수염 깎아블고
뜨건 물에 몸 담그세

삼백육십오 개 이빨 뽑어블게
돌리면서 잡수세나

일 년 삼백육십오 일
근심걱정 태고시라

강냉이대 걍 놔두세
개라븐 데 최고지라

장터풍경

이칠 일 어김없이 오일장 펴고
모태는 사람 냄새나 정겨워라

왁자지껄 땡기고 미는
마수걸이 소리나 떨려들어라

빨강호미 따당 따당 따다당
성냥간 땀 소리나 지심 소랍게 파지지라

미나리 솔 몇 뭉치 할마니들
마늘 까는 소리나 얼매당가

썰물 빠져가는 조금리 장터
끝물 떨이 소리나 서운해들어라

할마니랑

도리도리
잠잠잠잠
곤지곤지
까꿍까꿍
짝짝짝짝

아이고
내 갱아지
잘도 하네

웬일인지
오늘 아침
옛 추억
떠오르네

써레시침

울 아부지 소에 써레 메워 논을 삶네
굵은 흙덩이 죽물 되니 논물 안 새겠네
울 엄니 모 소랍게 심기겠네

논갈이 써레질 모내기에
이제야 한시름 놓았구나
냇가에서 써레 시치고
술떡 맨들고 돼지 잡세나

막걸이 한 사발에
뻐근한 어깨쭉지 걍 풀리구나
엊그제 심긴 애기모들
벌써 기어다녀 푸른 벌판되는구나

여름 태풍장마 잘 견뎌내거라
올 가실 나락농사 풍년 들게
덩실덩실 당실당실
써레 춤 춰 보세나

안개

산
다 덮는다

바다
다 품는다

세상
다 감싼다

운전
다 지친다

추어탕

또랑물 푸러 가끄나
네, 아부지
비도 오니 메꾸라지 잡어서
탕이나 끓여 먹자

맨치니까 누런 놈
겁나게 재패브요
시방부터 입맛 땡겨져라

느그 엄매한테
얼른 솥에다 불 때서 삶아브라고 해라
팔팔 삶아븐 놈
도구통에서 탕탕 잘도 뽀사져브네

바글바글 끓여
한 국자 그럭에 퍼서
방앳 잎사귀 넣고
고춧가루 허쳐 밥 몰아블자

빨래터

따당 따당
땅따당
빨래감 패고 패니
한 바구니 후딱 다했다네

옛날
냇가 넓적 바우에서
스트레스 팍팍 날려브니
오손도손 가족사랑 피웠지

요즘
편한 세탁기 생겨
스트레스 쌓여가나

은행잎

구불구불 능선따라
님 봉우리 군데군데

부채댓살 타는 가슴
요동치고 바람나네

황산 능선 노랑 단풍
올 가실엔 맞고프네

우물 품은 집

동거차동육길 66 - 27
우물 품은 통나무집 거실
수많은 아낙네들의 애환
두레박 노끈에 묻어난다
우물가 입소문 돌고 도는
수백 년 역사의 동거차도다

밥물 길어 나른 물동우들
우둑우둑
온 식구 빨래 바구니들
허빡허빡
한여름 차가운 등목에
아쓰아쓰
시집간다 흐느끼는 처녀
으흐으흐
시엄니 흉보는 며느리
퍼억퍼억

어부 남편 먼저 보낸 아짐
흐흑흐흑

해달 뜨면 하루 오고 가고
파도치니 바다 들고 쓰고
가을소리 창문 파고드니
이 밤은 자연과 한 몸 된다

그리움

저 높이
하늘에서 오시나
주룩주룩
님의 땀물이나
끈적끈적

저 멀리
바다에서 오시나
참방참방
님의 혓끝이나
메롱메롱

다림질

옷 탄 냄새는
아직 아니고

골고루 살짝
뿌려진 물방울들

살짝 익어가는
당신 향기인 듯

다려 세운 옷깃
내 자존감 서네

숭어훑치기

땅 풀 뽑는다고
누가 나물 하겠소
바다 숭어 잡는다고
누가 허물 잡겠소

빈 낙수로 개기 한번 낚아보자
진짜? 잡히나요
허허 한 번 봐라
반드시 걸려야지
믿음 하나로
입술 굳게 닫고
던지고 바로 땡기고 감고
스무여나므 번

와우!
낙수대 사정없이 휜다
땡기고 끌고
힘에 부쳐
놓아주다 땡기고
숭어 두자 넘는
월척이로구나

오늘 저녁
회, 초밥, 튀김 생각에
침 꿀꺽꿀꺽

인생살이

이 세상 나와
분유통 벗삼아
눕다 기다
서다 걷다
어디까지 달려왔나

고작 백 년 안짝
세상살이 아등바등
무얼 했나 누굴 위했나
가만히 더듬더듬 떠올려도
열손가락 굳이 필요없어
어찌 이리 허망한가

저 세상 가려
한 사발 뼛가루
허허벌판 산야의
한 줌 흙이로구나

가을 아침

신선한 바람 그리 좋으나
새벽녘 쉼 없이 귀뚤귀뚤

수 억 잎사귀 살금 익어가는
단풍 잔치에 내 눈 흥분되네

추석 성묘객 맞이하는 산길
회전 날에 늙은 풀 덜덜 떠네

곤히 잠자던 사각 틀 속 억새
반지구본 내보일라 넘어지네

고수동굴

공룡 먹잇감 된 기분이네
동굴 타고 내려가니 곱창 속 같구나
나는 나는 어쩌나
야금야금 씹히어
미끄럼 쑥 탈 동안
산야 볼 수 없구나
지상 세계 잠시 떠나는 찰나
풀꽃 벌써 그립구나
앞선 이 줄 따라 다닥다닥
머리 다칠까 서 가다 기어가다
슬슬 내려오르구나

지하 밑바닥에 서서 방금 스쳐간 천장 보니
뾰족한 수세미 쏟아질 듯 아찔아찔 죽창 같구나

어둠 밝히는 등불 없다면
지하 암흑천지 여기가 지옥이겠구나
생각하니 빛이 있던 동굴 입구 거기까지 딱 지상낙원
다들 무서웠을까 철판 길 따라 줄줄줄 빠지니
사십사 분 만에 소화돼 다시 태어나네
단양 고수야
한 수 배워 고맙구나
이제 알았노라
밝은 해 천국의 빛이구나

장례식장

엊그제 내 상주로 주인 돼
저 자리 이틀 밤 보냈었지

얼마 시간 슬금 지나오니
다른 이 흐느껴 우는구나

어느 순간 그 어떤 누구도
피할 수 없는 길이겠지

마지막 두 눈 꼭 감으며
하하 웃는 삶, 어서 찾자꾸나

3부

나 가면 너 화장

결혼식

주례 등장
양가 어머니 청적색 촛불 밝힌다
신랑! 입장
신부! 입장
장인 딸 손 꼬옥 쥐고
딴~딴딴딴
신랑 인사도 없이
신부 손 후다닥 잡는 순간
장인 왈
인사도 없이 내 딸 데려 갈라고
고얀 놈! 타박한다
아차, 깜박했구나
얼떨떨 인사하구
주례사 말씀에
네, 네
양가부모
내빈께 인사 올리고

퇴장 폭죽소리 빵빵빵
휴~~ 이제 끝났구나

백색 여인

그녀는
늘 흰 가운, 말 입으로
하얀 립스틱 바르고 파란 물 머금어
아무 때나 누구나 항상 품어준다

몸속 치열한 사투 끝에
패한 이 흘러가지 못하고
거꾸로 흘러 식은땀 흘리며
신음소리 토해내며
생죽음으로 치닫고 있는 날
어쩌다 필요할 때만
찾아가도 꼭 끌어 안아준다

모든 이에게
행복을 주는 여인이여!
이 세상 누구보다
진하게 사랑한 여인이여!

중원폭포

양평 중원산에
팔선녀 목욕탕
거품소리 요란하네

어여쁜 선녀
훔쳐보다 물벼락에
혼쭐나서 얼른 내빼네

어서 가세 어이 가세
선녀랑 첫사랑 꿈이거니
내 사랑 한참 찾아가는데

갑자기 뚱뚱한 아짐씨
산 오르다 말고
입 들이대니 어찌할까

콩나물

콩
살라고
시원한 물 한 동 쭉쭉 들이켜

콩
자라면
잘 빠진 흰 다리 요염 드러내

콩
죽을라고
뜨건 물에 흑 빠져 콩콩 흐느껴

나 가면 너 화장

나너 우리 가면 쓴다
너나 우리 화장 한다

가면 벗으니 거짓말 탄로난다
화장 지우니 주근깨 쏟아진다

가면발 나의 얼굴 어떤가
화장발 너의 얼굴 어떨까

햇빛에 비친 나의 가면
참거짓 그림자네
달빛에 어린 너의 화장
참거짓 그림자네

바람에 내 가면 날린다
파도에 네 화장 씻는다

우물 보며 하하 웃는다

핑경지혜

밥 먹는다
짤랑짤랑

독사 끄덕
자리 뜨네

서로서로
배려하니

풀밭에서
다툼 없네

안 보이믄
가슴 철렁

양귀 쫑긋
숨죽이니

숲속에서
짤랑짤랑

휴~살았구나

영구인생

영 맑은 새벽에
일출 홀로 보니
이 세상 평화로워라
삼시 세끼 밥 다 먹고
사족 맘껏 움직이고
오장육부 잘 작동하니
육신 편해 행복하구나
칠십 평생 살면서
팔자 고치려다 등뼈
구부러진 해무 인생인가

가로등

조금 옛날 달빛이네
머리 숙여 밤길 여네
뻗칠 만도 하다마는
고개 들면 깜깜할까
새벽까지 할 수 없지
밤눈 어둔 할마니도
니 덕에 모실 가네

웃자

웃
찬찬히 바봐요

사람
두 팔다리 벌렸네

짝짝짝
손부닥 쳐봐요

하하하
호호호

웃으면
오복 찾아온대요

호박

똑똑
대낮에
입 다물고 뭐하니

바빠요
꿀벌한테 수술 받고
애호박 낳으려구

땡볕에 부지런히 키워야
눈 올 때 한 입하지

이제 오지 마요
죽으로 다시 만나죠

붕알시계

시계 죽어브렀어라
그람 밥 줘야제
지가 밥 줄께라
설마했더니만
밥 한 공기 붕알 밑에 떡하니
넣어두고
그래도 안 살아브네
시브렁거리구나
하하하

시방 몇 신데
인자 들어온당가
옹 모실에 댕겨오다본께
새북 한 시 돼블었네
쬐간 있다
속없는 붕알
땡땡땡땡
니 번이나 쳐브네

아이고!
지가 못 살 것어라
빼당 공갈만 쳐븐께
ㅎㅎㅎ

4부
어덩 넝쿨

눈

아침
잔별 쏟아진다

후~~
불어도 무시한다

살신성인
전사들일까

거침없이
마구 앉는다

계속
맞아도 기분 좋다

봄

언 땅 풀려 생기 도니
아가풀들 초록머리
슬며시 쏙쏙 내미네

앙상한 나뭇가지
무지갯빛 꽃망울들
웃음보 빵빵 터트리네

오늘만 기다렸던
바람둥이 봄 벌들
빨강 흰 노랑 치마속
애간장 살살 녹이네

흙가루

몰랐네 너 있어 꽃피는 것을

한 가루 모여모여 돌섬 덮으니
이 세상 푸릇푸릇하구나

한아름 너 없다면 얼마나 삭막할까나

바람 불어 떠돌아다닐 때
눈 감아 외면한 날 원망해라

밤새 달리다 지쳐 곤히 잠자는
널 꼭 안아주고 싶어라

서리 기상

얼마나 서러웠나

밤새 울다 지쳐
눈물
다닥다닥 엉겼구나

이른 아침
눈 꿈꾸며 곤히 자는데
스륵스륵 벗기니 깨는구나

반달조금 보름사리

바다 물살 살아 거세지네
보름달 전후 5일간 사리발
그물 개기잡이 최고라네

바다 물살 쉬니 잔잔하네
반달 전후 5일간 조금발
낚시 개기잡이 최고라네

음력 8, 23일 조금이고
7일 더하믄
음력 15, 30일 사리라네
외우기 쉽게
반달 조금이요
보름달 사리하믄 안 잊겠죠

조금(14~15물) 넘어
한 물 두 물 세 물⋯ 열두 물 무시(13물)
이리 반복하죠

바닷물 젤로 많이 쓰고 드는
사리 물때 지구 생명
수없이 산란하고 잉태하죠

조금엔 반달 사랑하고
사리엔 보름달 사랑해요

월출산

산 밑에 영암 사는 이
산 내음 향기 맡아 얼씨구

산 멀리 강진 사는 이
산 병풍 펼쳐보아 절씨구

일부 호흡 마셔 방긋
전체 흐름 느껴 쌩긋

가까이 사는 맛 좋고
떨어져 사는 멋 좋지

해넘이

하얀 해
은빛 날갯짓에
바다 얼어가네

노랑 해
금빛 재롱짓에
바다 빨려가네

분홍 해
바다 손발짓에
구름 막내리네

태풍전야 & 태풍

풀잎 살랑살랑
벌써 속살 내비치네

담벽 흔들흔들
인자 살살 녹아브네

파도 스륵스륵
내일 바로 덮치겠네

쥐색 구름 전사
우르르

성난 빗떼 채찍
싸르르

푸른 들판 파도
추르르

지붕 창문 문짝
써르르

오늘

지금 하늘 구름잔치
달도 없고 별도 없네

내일 해 안 온다면
잿빛 세상 암담하네

더위 있어 열매 익고
추위 오니 땅도 쉬네

삼라만상 각자 나름
돌고 도니 우리 웃네

백중 해달

한숨 소리 하늘이요
눈물 방울 바다로다

뭉게구름 물결 따라
하얀 파도 구름되리

해넘이 금빛 날갯짓
황금바다 눈부셔라

반짝반짝 바람부니
내 몸 하늘 바다로다

백중 보름 둥근 얼굴
망혼 담아 떫은 미소

어덩 넝쿨

어덩위 넝쿨
아랫 세상
어슬렁 칭칭

어덩밑 넝쿨
윗 세상
서슬렁 칭칭

올라간들
니 난데구나
내려간들
내 난데구나

잘나도 어덩 위
못나도 어덩 밑

숨가쁘게 살지 말고
어덩에다 비비세나

밥

모
한 잎 두 잎
잎 터지네

벼
한 포기 두 포기
나락 여네

쌀
한 알 두 알
삶아지네

밥
한 입 두 입
생기도네

춤바람

스쳐가는 바람 좋아
너 나 우리 함께 춤추네

아침 잠 곤히 자던
나뭇가지 마지못해 흔들흔들

카사노바 바람인 듯
뭐가 그리 좋은지 싱글싱글

올 가을 노랑 단풍 옷
사준다고 귓속말했을까

솔솔한 바람 숨결에
벗잎네 정신줄 놓네

안개산

소복 입은 여인 말없이
울며불며 흰 천 부여잡네

무슨 설움 이리 많은지
쓸어 담아 걷어내길 한나절

한 줄기 두 줄기 빗물
줄줄줄 하염없이 내리네

삽천에 한 감아감아 흩뿌리니
안개 벗고 산 나오네

연

연잎 우산일세
연꽃 후들후들

연잎 부채구나
연꽃 흔들흔들

연잎 양산일세
연꽃 산들산들

홍련 연인 사랑
백련 부부 인연

무안 회산백련지
2014 연꽃축제

서막 행사 무안해
백년해로 금혼식

할멈 고마워 하하
영감 사랑해 호호

잎

가지따라 둥지 트네

나의 갈 길 동편?
너의 올 길 서편?

우리 함께 남북 갈까
동서남북 명당일세

자연스레 잎 자란다

첨찰산

구름 샴푸로 머리 휙 감으니
흰 거품 계곡마다 골골하구나

속세의 찌든 때 벗겨내니
잿빛 얼굴 시방 백설 같구나

오늘 밤 바람 한숨 자버리니
젖은 몸 이대로 걍 자자구나

쌍계사 똑똑 젊은 목탁소리에
버끔 뒹굴어 솜이불 덮자구나

억새와 넝쿨

우리는 서로 너무도 달라
이루어질 수 없는 사랑이야

안아보는 건 자유겠지만
내 잎 진짜 칼날 같거든

괜찮아 난 죽더라도
이게 소원이야 그냥 해볼래

글고 너랑 똑같은 키로 살래
날마다 기도하니 정말이네

가을바람 귀뚤 소리 맞춰
둘은 밤새 블루스 추네

니 깃털 향 너무 진해질 때
내 잎 파삭파삭 마르겠지

사위질빵

서방님 작은 놈 머슴 녀석
지게엔 볏단 꽉꽉 가득 실어
두툼한 할미질빵으로 쩌메네

큰 사위 셋째 막내 사위
지게엔 볏뭇 슬슬 가뿐 실어
가느란 사위질빵으로 묶으네

이라믄 안 되지라 넘 편애마소
우덜도 고 가반 사위들 지게 멜라
따지니 훌딱 장가나 가블어야 흥

이레 저레 해서 짐 메는 넝쿨
가느다란 폭포수 하얀 꽃밭
장모사랑 사위질빵 되었다네

낙조구름

사랑해 바다랑 입맞춤 순간
부푼 구름 흰 살갗 벗는구나

산 짐승 갈빗살 핏물 뚝뚝뚝
서해 바다 적시니 홍해로구나

차가운 해 피구름 뿌리치니
새빨간 숯덩이 차츰 몽근 재 됐구나

바다해 좋아 죽어 쑥쑥 빠지니
파도 내시(內侍) 이불 확 덮는구나

꺼져가는 구름 훌쩍훌쩍 우니
어느새 달 별 꼭 안아주는구나

해 품은 구름 영원한 짝사랑인가?

눈물

나뭇가지 자리 잡은 눈들
새색시 혼수이불 같구나

노랑 빨강 잎 떠난 빈자리
백설화로 다시 피어나네

곧 다른 손님 찾아오면
솜이불 걷어차 버리겠지

이별 눈물 가지마다 흐느끼니
축축히 뿌렁구까지 눈 젖어드네

슬피 우지 마 먼저 온 낙엽도
내 품에서 쉬고 니 눈물은
날 살리는 생명수이잖니

진도낙조

눈부신 해 오늘 밤 함께 할 바다 찾는다

푸른 바다 비단길 쪽빛 가르마 쭈욱 타니
찬란한 황금물결 덩실덩실 어깨춤 추네

해랑 바다 하룻밤 다시 잘 생각에
심장소리 두근두근 벌써 떨려오네

바다 얼굴 어느새 홍당무 돼 버리니
문 틈새 엿보는 흰 구름 덩달아 붉어지네

입맞춤 딱 그 순간 참한 새색시 이마
분홍빛 곤지 수줍어 어르르 미소 짓네

핏빛 파도 꿈틀꿈틀 거친 숨 몰아쉰다

둥근 해 한 입 두 입 자꾸 빨려드니
쪽쪽 반(半)해, 반반(半半)해, 반반반(半半半)해 숨네

저녁노을 숨죽이며 두 손 꼬옥 모아
못 말리는 자연사랑 따숩게 어루만져주네

부풀어 오른 무색 파도 겨우 정신 차리고
잿빛 홑이불 거품 내뱉고 차분히 덮네

톡톡

아침 새 메마른 가지에
보지란히 찍어대네
톡톡 톡톡톡

날라고 목운동 하는가
녹슨께 부리 가는 건가
도무지 모르겠구나

그나저나 하루 열어쓴께
조반 준비나 잘하그라
톡톡 톡톡톡

이랴

소 쟁기 지고 가다
봄꽃 지는 것 측은해 보이고
저 건너 하늘 저물어
하루해도 금세 지려하네

무거운 지게 짝대기 잠시 받쳐놓고
오랜만에 시 한 수 읊으려니
시인의 짐 겁나 버거워
한 줄도 팍팍하네

그래
왠지 어색해버린 작가
쟁기질로 스륵 갈아엎으고

이랴!
나만의 들꽃 향기 풍기세나

정(情)이지라

진도 밟은 그대는 진도인
고마운 당신 늘 그리워라

나눔

정안수 한 사발
홍매화 아가씨들
무자게 홀리네
한 잔 더 먹게
아이고, 이 복 다 받다간
내 배 터지겠네
새해 복 많이 받게나
나눠 마셔야
제맛이지 않겠나
섣달 그믐 오늘 술은
새색시 입술 버금일세
시방, 한 잔 더 하소

이종호시집

알껍다구

1판 1쇄 인쇄 2016년 2월 15일
1판 1쇄 발행 2016년 2월 22일

지은이 | 이종호
펴낸이 | 정용철
펴낸곳 | 도서출판 북산
주소 | 135-840 서울시 강남구 역삼로 67길 20, 201호
등록 | 2010년 3월 10일 제206-92-49907호
전화 | 02-2267-7695 팩스 | 02-558-7695
홈페이지 | www.glmachum.com 이메일 | booksan25@naver.com

ISBN 979-11-85769-04-2 03810